PETITE RÉPÉTITION

D'UNE

GRANDE COMÉDIE.

PETITE
RÉPÉTITION

D'UNE

GRANDE COMÉDIE,

OU

UNE MATINÉE DE NAPOLÉON.

~~~~~~~~

PARIS,

DE L'IMPRIMERIE DE J. G. DENTU,

Rue du Pont de Lodi, n° 3, près le Pont-Neuf.

1814.
~~~~~~~~

AVIS

DES ÉDITEURS.

LA révolution qui vient de précipiter Bonaparte du trône, a mis à nud son caractère. Quinze jours de Fontainebleau ont détruit douze années de prestiges. Si la foudre l'avait frappé sur le champ de bataille, l'enchantement se serait peut-être encore reposé sur sa tombe, et le secret de sa médiocrité, devenu désormais l'héritage commun, fût resté long-temps renfermé dans le cercle d'un petit nombre d'observateurs assez favorablement placés, pour avoir pu prendre le *faux* grand homme sur le fait. Ne réalisât-il pas maintenant la promesse ou plutôt la menace qu'il a faite avant son départ, d'exhaler, du fond des antres de son île, les bizareries, que l'isolement, le tourment de l'inaction et l'inaccessibilité aux remords vont enfanter dans son ame; il aurait d'avance suffisamment garni lui-même les tablettes de l'histoire, de tous les détails dont un nouveau Tacite composera un jour les traits de sa physionomie morale. Placé en première ligne sur la scène du monde, il n'a jamais su que parodier la grandeur; et si, dans les pompes de la représentation souveraine, il parvenait à déguiser quelques instans le monarque *d'occasion*, il se dédommageait bientôt de cette contrainte passagère, en se livrant, parmi ses familiers, aux

inspirations de son mauvais goût. Souvent même il préludait, dans la salle
du trône, aux turlupinades de son cabinet. On n'a pas oublié que c'est dans
une réunion des grands de l'Empire,
qu'il s'est permis, contre le corps législatif, cette dégoûtante diatribe que
l'on prendrait pour une conception du
cœur de Marat, revêtue du style du
P. Duchêne. Elle nous donne, au reste,
le secret de sa composition, et nous
explique les bigarures choquantes que
l'on a souvent remarquées dans les
productions diplomatiques et adminis-
tratives émanées de sa plume ou de
celle de ses ministres, dont il se faisait
un jeu de dénaturer les idées et de
brouiller le travail. Il ne connut jamais
ni les nuances délicates que le goût

indique, ni les sages convenances que la raison prescrit. Au milieu d'une grande discussion sur les apprêts d'une fête ou sur le costume d'un acteur, on le voyait ordonner la chute d'un trône, la levée d'une conscription, avec la légèreté d'Aline, reine de Golconde. Ces actes solennels du gouvernement qui portaient tour à tour des terreurs aux souverains, des illusions fatales aux peuples, et des espérances mensongères à la France; ces actes, qui se produisaient aux yeux du vulgaire sous des formes si imposantes, n'étaient souvent au fond que le résultat mal soigné d'un travail incomplet, dans lequel l'inexactitude des faits, l'insuffisance des données, la fausseté des calculs, l'impéritie des vues , le disputaient à l'oubli des convenances , et à la sottise des raisonnemens.

De bons esprits , des plumes exercées , s'occupent à rassembler , sur ce vaste cahos du gouvernement de Bonaparte , des renseignemens propres à démontrer par quels misérables moyens il en soutenait l'échaffaudage , il en tourmenta le mouvement , il en multiplia les abus , il en prépara la chute ; mais en attendant , il est bon d'accueillir tout ce qui se rattache à ce but utile. Telle est la pièce suivante. Sous une forme légère et dramatique , elle nous a paru faire heureusement ressortir le ridicule , qui , dans une histoire du Corse , viendra plus d'une fois se placer à côté du crime et de l'abus du pouvoir. Nous nous déterminons d'autant plus volontiers à sa publication , que cet écrit échappé , il y a trois ans, à l'indignation enjouée d'un homme qui a gémi long-temps dans les fers de la tyrannie , est la seule pièce qu'il ait pu sauver d'une collection du même genre , consumée dernièrement , ainsi que ses autres papiers , dans l'incendie de Brienne. Comme il en avait couru dans Paris plusieurs copies manuscrites, nous invitons les personnes entre les mains de qui il s'en trouverait quelqu'une, à vouloir bien la déposer chez notre libraire , notre intention étant d'en donner le Recueil au public, dès que nous aurons pu le completter.

COURTE PRÉFACE

DE L'AUTEUR.

Po u r résoudre les problèmes d'observation morale, il suffit de dépouiller les hommes et les choses de la magie des accessoires. En ramenant à des formes familières les parades politiques de Bonaparte, on saisira facilement le caractère de son esprit, dont le trait dominant est une sorte de bouffonerie sérieuse, qui, chez lui, marquait également, de son empreinte, les actions de l'homme privé et les démarches de l'homme public. Si j'ai cru devoir couvrir ce triste fond du vernis de la plaisanterie, je n'en ai point dénaturé l'objet, comme on peut s'en convaincre par le rapprochement de la pièce officielle dont mon dialogue rappelle tour-à-tour les expressions, et fournit le commentaire.

PERSONNAGES.

BONAPARTE, son MINISTRE, l'OPINION PUBLIQUE.

Ce dernier personnage, portant au doigt l'anneau de Gigès, tourne le dos à Bonaparte.

La scène se passe au cabinet des Tuileries, dans la matinée du 15 juin 1811.

PETITE RÉPÉTITION

D'UNE

GRANDE COMÉDIE.

~~~~~~~~~

BONAPARTE.

Vous savez que demain, je dois, selon l'usage,
Faire aux yeux des muets le pompeux étalage [1]
Du bonheur dont la France a joui par mes soins...

LE MINISTRE.

De ce jour solennel, quels plus dignes témoins ?
Payés pour applaudir à toutes vos merveilles,
S'ils ont perdu la voix, ils seront tout oreilles. [2]

BONAPARTE.

Cela suffit... Voici de quel farcin nouveau
Je prétends chatouiller leur débile cerveau.

L'OPINION.
Ecoutons ça...

BONAPARTE.

D'abord, je parle du concile.
~~~~~~~~~

L'OPINION.

Parlera-t-il pour vous ?

BONAPARTE.

Au Batave indocile,
Je prouve qu'il n'était qu'une *émanation*
De mes Etats.

L'OPINION.

La belle imagination !

BONAPARTE.

A Joseph *le très-cher*, que le ciel accompagne,
Je promets troupe, argent....

L'OPINION.

Et châteaux en Espagne.

BONAPARTE.

Pour m'avoir résisté le saint Père est puni,
Ses foudres sont éteints et son règne fini...
Ce triomphe manquait à ma toute-puissance.

L'OPINION.

Il prouvera sur-tout votre reconnaissance.

BONAPARTE.

De cent mille conscrits je presse la moisson,
Et je donne à la France un fils de ma façon.

(5)

Hors Louis *le Hutin*, dont l'héritier me reste,
Tous les rois, mes vassaux, me sont attachés...

L'OPINION.

Peste !

BONAPARTE, *d'un ton furieux.*

Ma voix sur Albion appelle à grands éclats,
La honte, le malheur....

L'OPINION, *avec un léger persifflage.*

Ne vous échauffez pas....

BONAPARTE, *s'animant d'avantage.*

Dans les flots de son sang ma soif se désaltère,
Et mon discours finit par un *coup de tonnerre.*

L'OPINION, *souriant.*

Cela fera du bruit.

BONAPARTE.

Qu'en dites-vous ?

LE MINISTRE.

Le trait
Est fort original.... Il aura de l'effet.

BONAPARTE, *avec emphase.*

Jusqu'au bout de l'Europe il doit se faire entendre.

L'OPINION.

On l'entendra bien mieux qu'on ne peut le comprendre.

BONAPARTE.

Ministre, à votre tour... parlez un peu raison,
Moi je puis, sans danger, faire le fanfaron ;
Trop fort, trop redouté pour être ridicule,
Je dois négliger l'art de dorer la pilule,
Cette tâche est la vôtre.

LE MINISTRE.

Et je vais la remplir ;
Ici le ministre se lève, déroule son manuscrit et com-
mence ainsi d'un ton solennel:
Messieurs, depuis un an, pour mieux nous arrondir,
Nous avons confisqué la Hollande et ses côtes.

L'OPINION.

Et son roi que fait-il ?

LE MINISTRE, *parlant à l'oreille de l'opinion.*

Il n'a pas de culottes.

L'OPINION.

Pauvre sire !

LE MINISTRE.

Jérôme, en honnête garçon,
A pour nous d'une tranche aminci son jambon.
Vingt millions d'impôts, cinq millions d'esclaves,
Voilà notre butin... Devant nos betteraves
Le sucre d'outremer abaisse son orgueil,
Et pour nous St.-Domingue est dans les champs d'Auteuil.

Trop long-temps négligé , des rives de Provence
Voyez avec transport le pastel qui s'avance ;
L'indigo devant lui recule épouvanté....
L'Inde voit, en pleurant, son coton rejeté ,
Céder la place au lin dont la Flandre se couvre ,

BONAPARTE.

Et dont bientôt, j'espère, on meublera le Louvre.

LE MINISTRE.

La Meuse , le Weser, l'Elbe , l'Øder, le Rhin ,
Nous versent à grands flots et le chanvre et l'airain.
Déjà dans Rochefort , Brest , Ostende , Terneuse ,
S'élève de vaisseaux une forêt nombreuse ,

BONAPARTE, *d'un air menaçant.*

Qui de Londre un beau jour va prendre le chemin.

LE MINISTRE.

Il faut voir nos conscrits une rame à la main ,
Pour faire de la mer le rude apprentissage ,
S'exercer en plein calme à dix pas du rivage !
Au seul bruit de leur nom on voit pâlir l'anglais ,
Et c'est à ces enfans que nous devrons la paix.
La paix !... mais à quoi bon ? Depuis dix ans la guerre ,
Chaque jour de l'Empire augmente la misère.
Eh bien ! pendant dix ans qu'elle l'augmente encor,
Cela changera-t-il quelque chose à son sort ?[6]
Non, Messieurs, qu'à l'envi le sang et le carnage
Multiplient par-tout la mort et le ravage ;

Que le glaive acéré de nos conscriptions,
Frappant dans leur berceau les générations,
Des hommes et des biens tarisse enfin la source ;
La rage dans le cœur....

L'OPINION.

Le diable dans la bourse.

LE MINISTRE.

Dociles mannequins , jouant avec nos fers ,
Accablés sous le poids de mille impôts divers ,
Nous n'en viendrons pas moins comme à notre ordinaire ,
Moi, pour vous en conter, vous, Messieurs, pour vous taire ,
Et prédire d'office alors , comme à présent,
Du cabinet anglais le prompt renversement.
Arbitre souverain du commerce du monde , 7
Sur un bien faible appui sa puissance se fonde ,
Puisqu'il soutient l'Etat avec l'argent d'autrui ,
Au lieu que le Français tirant tout de chez lui ,
Sans commerce au-dehors, sans crédit, sans balance, 8
Prend sur ses capitaux les fonds de la dépense ;
Système ingénieux , facile , doux , moral !

L'OPINION.

Et qui mène tout droit son homme à l'hôpital.

LE MINISTRE.

Dans les travaux tracés par la main du génie ,
Il règne un si bel ordre et tant d'économie ,
Que leur ensemble immense absorbe en douze mois
Plus d'or qu'en cinquante ans n'en dépensaient nos rois.

Quels prodiges aussi! nous rapprochons les villes! **9**

L'OPINION.

En tirant au plus droit, ce sont choses faciles.

LE MINISTRE.

On construit en tous lieux, bassins, fontaines, ponts, **10**
Routes, canaux, palais..... On ouvre aux vagabonds
Des asiles sacrés, prisons de l'indigence.

L'OPINION.

Où l'on pourra bientôt loger toute la France.

LE MINISTRE.

Chaque ville, à son gré, maîtresse de son bien, **11**
Soigne ses revenus, veille à son entretien.
De cette intention et bienfaisante et pure,
Que de fruits heureux!

L'OPINION.

Bon! pourvu que cela dure!

LE MINISTRE.

L'art de rosser son monde est le premier des arts;
Nos enfans l'apprendront à l'école de Mars. **12**
L'aménité des mœurs corromprait leur jeunesse,
Et c'en est trop déjà qu'ils aillent à la messe;
Mais il faut accorder quelque chose au clergé.
Sous les ailes de l'aigle il s'est enfin rangé.
Par un décret bien juste,

L'OPINION.

Emis sous votre griffe.

LE MINISTRE.

Il va bientôt montrer au souverain pontife
Qu'il a mauvaise grâce à se fâcher pour rien ,
Et qu'un pape boudeur est un mauvais chrétien.
Il a tort, en éffet , Messieurs , et je le prouve.
Le schisme de Henry, que mon cœur désapprouve ,
Vint du denier Saint-Pierre, et non pas de l'hymen
De ce fougueux monarque et d'Anne de Boulen ;
Or, un pape reclus, qui manque de chemise,
Qui ne demande rien , et ne veut pour l'église
Que cette paix du ciel qui règne dans son cœur,
Causera seul le schisme..... ou je suis un.....

L'OPINION.

D'honneur,
Puissamment raisonné !

BONAPARTE.

Bravo ! bravo ! ministre !

LE MINISTRE.

L'avenir à nos yeux n'offre rien de sinistre. [13]
Mais fallât-il , Messieurs , aux maux déjà soufferts ,
Voir s'unir contre nous tous les fléaux divers,
Du sein de nos cités jadis si florissantes ,
En foule voir sortir ces tribus gémissantes

D'ouvriers laborieux , sans travail et sans pain ;
Disposés aux forfaits que conseille la faim ;
Aux cent mille conscrits que l'Espagne dévore ,
Pendant dix ans entiers en ajouter encore ;
Dépeupler nos hameaux , rendre nos champs **déserts**,
Pour forcer son orgueil à recevoir nos fers ,
Et punir ses vertus par notre brigandage....
Fallût-il , unissant l'injustice à l'outrage ,
Du pontife de Rome aggraver les destins ,
Rallumer contre lui ses foudres mal éteints ;
Et pour le triste honneur des décrets d'un concile
Courir tous les dangers d'une guerre civile ,
Nous n'en serons pas moins les gens les plus heureux......
Pas nous précisément... Oh! non... mais nos neveux.

L'OPINION.

Ah ! j'entends , c'est ici comme à la comédie ,
Où les oncles ont tort.

LE MINISTRE.

Héros de la patrie !
Par un cri plein d'amour, nous allons le bénir :
Tu fais notre bonheur.... Ah! vive L'...

*(Ici un violent accès de toux empêche le Ministre
de continuer. L'Opinion achève sa phrase.)*

L'OPINION.

L'avenir! [4]
Du temps où nous vivons quel éloge superbe !
Ce n'est pas , comme on voit , manger son bled en herbe.

BONAPARTE, *au ministre, avec satisfaction.*

Dans tout votre discours respire mon esprit,
Et vous m'avez, ministre, exactement traduit.

LE MINISTRE.

Peut-être faudrait-il un plus noble langage ?

BONAPARTE.

Ce serait du logis contrarier l'usage.

LE MINISTRE.

Mais, notre président, que me répondra-t-il ?

BONAPARTE, *brusquement.*

Tout comme je l'ordonne. *Amen.* Ainsi-soit-il.

FIN.

NOTES.

—

¹ C'est ainsi que Bonaparte désignait les membres du corps législatif. Il est le premier tyran qui ait imaginé de réduire les fonctions du législateur à un simple jeu de mécanique.

² On se rappelle avec quelle irrévérence on a traité nos députés, jusqu'à les dépouiller du droit de présentation pour le choix de leur président, en les désignant, dans un décret, comme des hommes que le défaut d'usage et des belles manières rendait indignes d'approcher de la personne du monarque.

³ « La Hollande a été réunie à l'empire. Elle n'en est « qu'une *émanation.* » (*Discours de Napoléon, à l'ouverture du Corps législatif, le 16 juin 1811.*)

⁴ « Le sang anglais a enfin coulé (en Espagne)! Lors-« que.... la moitié des familles d'Angleterre seront cou-« vertes du voile funèbre, un *coup de tonnerre* mettra « fin aux affaires de la péninsule. » (*idem.*)

⁵ Par la création des départemens anséatiques, la Westphalie fut forcée de céder à la France un quart de son territoire. L'ambition de Bonaparte prenait souvent

le vernis ignoble de l'avarice et de la rapacité. Son patronage était intéressé, comme l'a dit Mallet-Dupan. On l'a vu presque toujours mettre des conditions onéreuses à ses concessions, ou en reprendre une partie.

Si la majesté royale pouvait être dégradée, elle l'eût été sans doute par l'indécente légèreté avec laquelle Bonaparte transvasait les monarques de sa fabrique. Il faisait moins de façon à les transporter d'un royaume à un autre, que n'en fait un directeur des douanes pour changer ses commis de résidence.

⁶ « Quant à la France, le système continental n'a pas « changé sa position. Nous étions depuis dix ans sans « commerce maritime, et nous serons encore sans com- « merce maritime. (*Exposé de la situation de l'Empire, au Corps législatif, le 30 juin 1811.*)

Nota. Et c'est de là que l'on partait pour établir la prospérité toujours croissante de la France! Et c'est avec de pareilles jongleries qu'on abusait nos esprits, tandis qu'on dévorait nos fortunes et notre population!

⁷ « Le système actuel des finances de l'Angleterre ne « peut être fondé que sur la paix, et cependant l'Angle- « terre a proclamé le principe de la guerre perpétuelle. « C'est comme si le chancelier de l'échiquier avait « annoncé que dans quelques années il proposerait la « banqueroute. » (*Exposé.*)

Nota. Bonaparte forçait ses ministres à annoncer chaque année le bilan du cabinet de Saint-James. C'était une prophétie obligée qu'on nous a répétée pendant

dix ans, avec une imperturbabilité dont chaque nouvelle
période augmentait le ridicule.

8 « La prospérité du trésor impérial n'est pas fondée
« sur le commerce de l'univers. *Tout homme raisonna-*
« *ble* doit être persuadé que la France peut rester dix
« ans dans l'état actuel, sans éprouver d'autres embarras
« que ceux qu'elle éprouve depuis dix ans, sans augmen-
« ter sa dette, et en faisant face à toutes ses dépenses. »
(*Exposé.*)

Nota. La dépense, d'après les budjets officiels, s'est
montée, savoir :

En l'an XI, à 214,937,557 fr.
En l'an XII, à 215,967,557.
En l'an XIII, à 514,957,557.
En l'an XIV, elle a franchi toutes les bornes, même
celles de l'imagination ; et la dette laissée par Bonaparte
s'élève à plusieurs milliards !..... Voilà ce dont tout
homme raisonnable peut se convaincre.

9 « Turin a été déjà *rapproché* de Paris...
« Milan est *rapproché* de Paris...
« Bayonne et l'Espagne ont été *rapprochées* de Paris...
« Mayence et l'Allemagne ont été *rapprochées* de
douze heures.
« Hambourg le sera l'an prochain.
« Amsterdam sera également *rapproche.* » (*Exposé.*)
Style de lanterne magique.

10 J'entends de bonnes gens s'extasier sur les travaux
exécutés par Bonaparte ; je pourrais être de leur avis *si*

Je ne voyais à côté de ces monumens, l'abîme du défi-
cit immense creusé par sa mauvaise administration. Le
père de famille qui sacrifierait son aisance et compro-
mettrait la fortune de ses enfans par la manie de bâtir
des maisons dans lesquelles ses créanciers feraient au
premier jour, saisir ses meubles et sa personne, mérite-
rait une loge à Charenton.

Au reste, Bonaparte avait trouvé dans les archives
de notre ancien gouvernement, presque tous les plans
dont il a improvisé l'exécution au grand détriment de
la fortune publique. Mais il est vrai de dire que sans lui
et sans la révolution, dont il s'est fait le continuateur,
le gouvernement paternel de nos rois aurait successive-
ment réalisé les mêmes projets sans froisser tant d'in-
térêts particuliers, et changer l'or de la France en des
monceaux de granit.

« 1° Jamais dans aucun temps et dans aucun pays,
« les communes n'ont été aussi riches. » (*Exposé*.)

Nota. C'est pour les garantir sans doute du danger
des richesses, que Bonaparte, par l'organe de son ministre, a fait dire au corps législatif le 11 mars 1813 :
« La loi que nous vous proposons ordonne l'aliénation
« des *terres, maisons et usines possédées par les com-*
« *munes.* »

2° « Par-tout ailleurs l'octroi est une imposition sou-
« veraine ; S. M. l'a laissé aux communes. Aussi tous
« leurs établissemens se trouvent dans le meilleur état. »
(*Exposé*.)

C'est sans doute encore pour améliorer cet état, que

S. M., par son décret du 8 février 1812, a privé les communes de leur octroi.

¹² « Toute éducation publique doit se régir par la « discipline militaire et non par la police civile ou « ecclésiastique. L'habitude de la discipline militaire « est la plus utile, puisque *dans tous les états de la vie* « *les citoyens ont besoin de défendre leurs propriétés* « contre les ennemis intérieurs et extérieurs. » (*Exposé.*)

C'est parmi les représentans d'une nation qui a vu naître Montesquieu, qu'on osait, il y a trois ans, débiter ces maximes subversives de tout ordre social !

¹³ « Ainsi, Messieurs, tout, dans le présent, nous « garantit un avenir heureux et plein de gloire. » (*Exposé.*)

¹⁴ La Providence a heureusement hâté pour la France l'époque de cet avenir. Le 31 mars 1814, son aurore a brillé sur nous.... Si cet avenir se présente dépouillé d'une grande partie de ses ressources dévorées d'avance par la tyrannie, combien ne lui en reste-t-il pas encore dans le retour d'une paix que cimentera l'intérêt général de l'Europe, et dont les talens et les vertus d'un sage monarque, secondé par les efforts d'un peuple aimant et généreux, porteront bientôt l'influence salutaire dans toutes les branches d'industrie et de prospérité nationales.

FIN.

BIBLIOTHEQUE ROYALE

www.ingramcontent.com/pod-product-compliance
Lightning Source LLC
LaVergne TN
LVHW010122060726
842524LV00005B/1666